AF311237

Mémoires écrits par un lapin.

Dessins de Benjamin Rabier

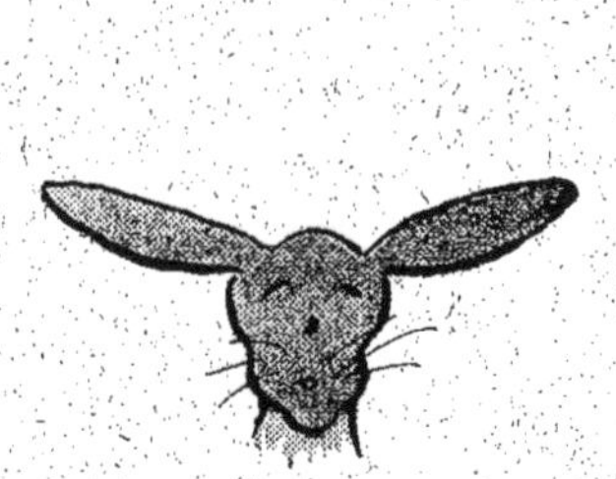

ÉMILE GAILLARD
Éditeur
37, rue Gandon (XIIIe)
PARIS

Ah qu'il fait bon, petits amis, de sortir son nez du trou d'un terrier, autrement qu'au clair de la lune !

D'abord, ça nous est défendu par nos mères, donc ça paraît meilleur. Avouez que vous êtes de cet avis. Un jour, je mis ainsi le nez à la fenêtre du logis. Tout était beau dans la nature, l'oiseau babillait sur ma tête, le grillon lançait son cri perçant

dans mes oreilles, et les
fleurs exhalaient le doux
parfum qui est leur lan-
gage, et je me dis :
"Pourquoi ne parlerai-
je pas aussi ?"
Mais je n'avais personne pour
m'écouter, j'en trouverais peut-être
pour me lire. De là l'idée d'écrire mes
Mémoires. Certes ce ne sera pas cal-
ligraphié comme par un écolier qui
a fait pendant plusieurs années des
pages d'écritures. Tant pis ! Un lapin peut
écrire comme un chat, on ne lui en demande
pas davantage. Donc voici mon histoire :
Je me nomme Jeannot et
je vis le jour par un
beau soir de mars. Deux
mois plus tard, je me
sentais tout gaillard.
J'avais ce qu'on appelle
des fourmis dans les jambes

et je criai : "Vive le printemps!" autant que j'avais de voix. Dame je ne suis pas un chanteur comme l'âne, ni un aboyeur comme le chien, pas même un miauleur comme l'écrivain que j'ai cité. Mais aussi bien qu'eux, je sais faire des cabrioles sur les vertes pelouses. L'herbe tendre qui procure de suaves festins sert également de doux tapis au dessert. J'allais ainsi, parcourant les prairies en faisant la roue, lorsque tout à coup je fus arrêté par un poteau indicateur.

Heureusement que ma mère m'avait appris à lire, sans cela je me serais peut-être jeté dans un de ces pièges à loups qui ne doivent pas ménager les

lapins non plus.
Les mères ont tout
de même du bon :
elles sont prudentes.
Il paraît que moi
je ne le suis pas tou
jours assez ; voilà
pourquoi on ne te-
nait pas à m'émanciper
aussi jeune ; mais j'aimais tant
la Liberté !
Je m'enfuis de cet endroit dange
reux pour gagner le pied d'une col
line ; une ombre se mon-
trait en haut. — Ah !
flûte ! Voilà le père
Renard, m'écriai-
je, avec plus d'ennui
que de politesse. Vilaine
rencontre, on a beau dire !
Je ferai bien de prendre
un train d'automobile

Je fis donc du 120 à l'heure.
J'avais beau dévorer l'espace
sans crainte de dégonfler
mes pneus, le vieux voleur
courait plus vite encore.
Son moteur de grande dimen-
sion lui permettait du 140.
A détaler ainsi, il m'eut vite
rattrappé et happé, si le dieu des
honnêtes lapins ne m'eut pas protégé.
Dans l'ardeur de la convoitise, les
yeux du grand gourmand sortaient
de sa tête comme de grosses lanternes;
mais il faut croire qu'ils éclairaient
mal sa route, car soudain, j'entendis
comme un formidable juron tra-
duire une douleur ai-
güe: l'auto-Renard,
pris par son derrière-
train, faisait pana-
che, et cela pour n'avoir

point lu l'affiche.
Or, les pièges à loups
sont faits aussi pour
les renards; et le malheu-
reux s'en payait l'expérience.
Pour moi, j'avais, prudemment
quoi qu'on en dise, opéré un demi
tour à gauche, afin de dépister
le fin museau. Je puis ainsi obser-
ver tout son manège.
Pendant un moment, il se tint le
nez en l'air, hurlant lamentable-
ment. Puis, comprenant que cela ne
dégageait pas sa queue, il se mit à
agir, tira dessus avec toute l'énergie du désespoir,
et crac!... l'objet céda en
jetant un flot de
sang. Voyant mon
ennemi fuir ainsi,
j'eus ce sentiment

d'humanité que com-
mande la morale et je
le plaignis du fond du cœur.
— Pauvre vieux ! dis-
je en moi-même, c'est
vraiment dommage de perdre une si
belle parure ! » — Ce premier bon mou-
vement passé, il m'en vint un autre.
Si quand les chats n'y sont pas les souris
dansent, lorsque renard a fui lapin
peut bien se réjouir.
C'est ce qui m'arriva en enlevant dé-
licatement du piège la riche dépouille
du vaincu. Puis aussitôt, toujours
à l'exemple des humains, je songeai
à en récolter quelque profit.
Coquettement d'abord
je mis cette queue
à la place de la
mienne et je me
plaisais à trouver
que cela m'irait

très bien. Mais bientôt ban-
nissant cette vaniteuse fai-
blesse, je pensai qu'il y
avait mieux à faire
qu'à rectifier l'œuvre
si belle du Créateur, et
que je pouvais tirer parti
de cette superbe fourrure, car enfin
ça ce n'était pas du toc ! Ce n'était
ni du lapin noirci ni du chat teint,
mais c'était bien du renard, du vrai,
du pur renard que les dames du mon
de aiment tant à se mettre au cou,
en le baptisant d'un nom de serpent
Tiens, si j'en essayais !... Pourquoi
pas ! Un lapin peut
bien se parer d'un boa,
aussi inoffensif surtout.
Je ferai sensation avec
cela dans ma ville et
j'exciterai bien sûr
des jalousies et des convoitises

Et me voilà bouffé d'orgueil. C'est très mauvais ce défaut-là, ça vous met un voile épais sur les yeux.

Pendant que je me laissais ainsi emporter au pays des chimères, je n'avais pas vu surgir à mes côtés une grosse tête avec des yeux ronds et de courtes oreilles. — Ah! zut! alors, m'écriai-je encore en garçon mal élevé qui n'a pas su profiter des leçons maternelles, voilà l'ours maintenant, on ne peut jamais être tranquille en ce bas monde, il faudrait en attendre un plus haut. Attends, vieux mal léché, je vais t'abandonner mon butin, tu t'en feras un tour de cou, une coiffure, tout ce qui te plaira, moi je grimpe à ce poteau télégraphique, où

je serai au moins à l'abri de
tes griffes.
Et me voilà parti pour une
grande ascension, tout fier
de mon ingéniosité qui se
doublait d'agilité.
Pauvre étourneau, je n'avais
oublié qu'une chose, c'est que l'ours
est passé maître à monter au mât
de cocagne et qu'il allait pouvoir
me suivre sur le mien.
Ce fut bien l'idée qui lui vint.
Il gagna le pied du poteau; et
tout Bayard qu'on me surnomme,
je sentis courir sous ma peau
un petit frisson d'ef-
froi quand j'aperçus
ce gros museau levé
vers moi. Qu'allais-je
faire ? Le désir de vivre
m'inspira et je grimpai
toujours. Une fois à la

hauteur du fil élec-
trique j'aurais été ten-
té de faire à mon pour-
suivant un joli pied
de nez, si j'en avais eu un
plus respectable, et si
ma mère aussi ne me
l'avait formellement défendu, car
j'avais trouvé un moyen d'échapper
à ce gros fourré : c'était de me lan-
cer sur le fil où je savais bien que
le lourdaud ne pourrait pas me
suivre. Je possède de longues oreilles, autre supériorité que je me sentais sur Martin. J'allais m'en servir. Je commençai par les
nouer ensemble et soli-
dement au dessus
du cable de fer,
et bientôt je m'y sus-
pendis comme une na-
celle dans un funicu-
laire de montagnes

Enfin je pouvais
dire au revoir à l'ours.
Toutefois je n'étais pas au
bout de mes surpri-
ses. A peine m'é-
tais-je élancé sur ce
fil conducteur que j'y glissai
d'une vitesse qui s'augmentait
d'elle même jusqu'à devenir vertigi-
neuse. Je fis bientôt du 150 à l'heure.
J'avais la sensation de nager dans
l'espace, d'y planer! Ça doit être
ce qu'éprouvent les oiseaux et les
aéroplanes.
J'étais fier de dominer ainsi les
plus beaux paysages, de passer
au-dessus des
maisons, des clo-
chers, des arbres,
mieux que si j'avais
eu des ailes, car je ne
faisais aucun effort.

Plein du charme de ce voyage aérien, de cette espèce d'aviation, j'oubliai toute prudence et ne regardai plus devant moi. Il allait m'en cuire ! Tout à coup ! paf ! Aïe ! aïe ! aïe ! Que se passe-t-il ? Je viens de voir trente-six chandelles et au moins autant de lampes électriques, et j'en suis aveuglé. — Qu'est-ce que cela voulait dire ? Ah ! j'en ai encore le souvenir cuisant ; car j'avais buté contre un autre poteau avec une force proportionnée à ma vitesse, et mon pauvre petit nez en était mis en marmelade. Du coup je trouvai les hauteurs malsaines et j'en descendis illico.

Mon nez saignait à flots
et rougissait le sol, Et
mes pauvres oreilles
restaient froissées, fripées,
dans un état déplorable.
Alors je pensais à la ma
man qui si bien me soi-
gnait, me dorlotait, et qui
se fut lamentée de me voir en si
piteuse situation. Aussi pourquoi
lui avais-je désobéi ! Ce n'est pas
à mon âge qu'on se fait explorateur.
Tout cela était ma faute, ma
très grande faute et j'en
étais contrit.
Mais pas possible de retour-
ner en arrière, puis pour
être digne de Bayard il
faut être brave.
« Soyons-le, » me dis-je.
Alors je commençai
pour réparer le désordre de

ma toilette et je son-
geai à rentrer chez
nous afin de ne pas
inquiéter plus long-
temps ma famille. — M'étant orien-
té comme avec une boussole, je me
dirigeai, raisonnablement, cette fois,
du côté de notre demeure, lorsque
je rencontrai... — Les hasards sont
parfois bien grands — un instrument
bizarre que je me mis à étudier
curieusement.
Je reconnus un lance-pierres, oublié
sans doute par quelque gamin et cela
me fit rêver. — Aussitôt je vou-
lus m'en saisir; car enfin une
chose qui servait aux hommes
pouvait être utile à
qui désirait devenir
avant tout un fa-
meux lapin.
Me voilà donc armé

en vrai militaire qui
s'en va en reconnaissance.
Tout d'abord je ne recon
nus rien, sinon que
c'était bien lourd pour
mon bras. Mais j'avais en-
tendu dire que les soldats en cam
pagne sont toujours chargés et
leurs armes également.
Il fallait donc se résigner : sait-
on jamais ce qui peut arriver ?
Ce qui arriva ? A ! pauvre moi !

. . . .

ce fut Messire Loup qui, sans
nul doute avait lu l'avertis-
sement du poteau et qui,
fuyant les pièges,
vendit m'en tendre
un.
Ho là ! quel che
valier de la triste
figure !

Heureusement que
j'ai mon engin ! At-
tends, attends, mon
petit loup, laisse-moi
seulement deux minutes,
pour dresser mes batteries,
juste le temps de planter
mon arme en terre et de ramasser un
projectile.
Je m'y employai vivement.
— Ça, dis-je, c'est fini, ne t'im-
patiente pas, je vois ici un grand
bel arbre, un châtaignier qui porte
des fruits à l'enveloppe épineuse,
il va bien en avoir laissé tomber
un à mon intention !
Je file sous l'arbre
et je cherche de tous
mes yeux... Victoire !
voilà une superbe
châtaigne.
Je m'en empare, sans

songer que je peux
piquer ce qui me
sert de doigts, et je
l'assujettis dans le
lance-pierres. Il
n'était que temps : le
beau sire s'appro-
chait en roulant de
gros yeux furibonds et flamboyants.
— Oh ! non, non, mon gros loup,
fis-je alors, ne me roule pas des
yeux pareils, tu serais capable de
faire trembler le presque filleul
du chevalier sans peur et sans reproche... Tu sais bien que c'est ainsi
qu'on désignait le célèbre Bayard,
maman me l'a dit, il y a quelques
jours, en m'apprenant
l'Histoire de France, que
je trouve si belle et si
intéressante.
Tout en me tenant ces

petits discours, je tra-
vaillais à ma défense.
L'arme prête, je visai,
tel un véritable artilleur,
et vlan !... j'atteignis mon
adversaire à sa pointe sep-
tentrionale, comme qui dirait au cap
Gris-Nez de son individu (Voyez
géographie).
— Ah! mes amis, ce qu'il avait cet
endroit sensible! Il brailla comme
un putois, le pauvre! et je le vis
verser des larmes de sang. Vraiment
il avait l'air bien bête avec cette
ajouté ressemblant à une grosse
verrue piquante, ou peut-être
mieux à une pelote d'aiguilles,
dont ce n'était guère la place.
Le loup s'enfuit tête basse
cacher ce ridicule.
Et moi, dans la joie
du triomphe, je me mis

à danser, en brandissant
mon trophée de victoire.
N'avais-je pas le droit
d'être heureux et fier de
ma journée ?
Récapitulons : j'avais chas-
sé les fourmis de mes pieds,
fait la nique au fin père
Renard, mystifié le gros Ours,
épaté, non le nez — puisque ce
fiet tout le contraire — mais
la personne de Messire Loup
d'élégante mémoire
La valeur engendre la vaillance, et
le succès grise même les lapins. Je
me sentais dans les veines
une ardeur belliqueuse
qui demandait à s'épan-
cher. Jusqu'ici je m'étais
défendu ; je voulais atta-
quer à mon tour, et je
partis en chasse allègrement

Dès lors je dressai l'o-
reille et j'ouvris l'œil.
Je rencontrai bientôt,
émergeant de terre, une
tête qui n'avait autant dire
pas de ces deux précieux dons. — Un gibier
qui ne pouvait ainsi ne me voir ni m'en
tendre, (croyais-je) me parut commode. J'é
paulai mon arme en criant : — Tiens,
attrappe ça vieille taupe !"
Elle reçut un marron précisément à
l'endroit où elle eut dû avoir un œil,
et ça lui fit une drôle de tête.
Elle aussi partit sans demander son
reste. La voyant rentrer dans son roy-
aume, je lui souhaitais le bonsoir,
et bien des choses aux pis-
senlits à qui elle pré-
pare le terrain.
Pour moi aussi il
était temps de rentrer
à la maison : on m'y

attendait sûrement, la table devant être mise et la soupe déjà servie. Je fis irruption dans la place en véritable héros. J'avais un air si conquérant que papa et maman en furent frappés, et que, loin de me reprocher mon incartade, ils me firent une ovation.

Le lendemain je posai devant un peintre de talent qui fit mon portrait pour servir à la famille d'exemple Mon seul mérite était de au fond n'avoir pas été peureux comme un lièvre Sur ce je signe Jeannot sans peur et sans reproche

pour copie conforme:
Marie de Grand maison

IMPRIMÉ ET RELIÉ DANS MES ATELIERS
37, RUE GANDON, PARIS

www.ingramcontent.com/pod-product-compliance
Ingram Content Group UK Ltd.
Pitfield, Milton Keynes, MK11 3LW, UK
UKHW021713090726

13657UKWH00005B/2214